문학과지성 시인선 **319**

것들

이하석 시집

문학과지성사

문학과지성사에서 펴낸 이하석의 시집

투명한 속(1980)
金氏의 옆 얼굴(1984)
측백나무 울타리(1992)
금요일엔 먼데를 본다(1996)
고추잠자리(1997)

문학과지성 시인선 319
것들

―――――――――――――――――――――――――

펴낸날 / 2006년 7월 7일

지은이 / 이하석
펴낸이 / 채호기
펴낸곳 / ㈜문학과지성사
등록번호 / 제10-918호(1993. 12. 16)

서울 마포구 서교동 395-2(121-840)
편집 / 전화: 338-7224~5 팩스: 323-4180
영업 / 전화: 338-7222~3 팩스: 338-7221
홈페이지 / www.moonji.com

ⓒ ㈜문학과지성사, 2006. Printed in Seoul, Korea

ISBN 89-320-1710-7
―――――――――――――――――――――――――

문학과지성 시인선 319

것들

이하석

2006

시인의 말

발표한 시를 고치고 고치면서 한 군데 오래 괴면
안 된다고 생각한다. 삶을 딛고 깨금발로 서서 피거나
삶을 휘감고 올라 더 위로 피우는, 또는 엎드려 기면서
더 피우려는 능소화 같은 게 시일진데.

2006년 7월
이하석

것들

차례

시인의 말

제1부

제4부

제1부

의자의 구조

의자 위엔 대개 구름이 내려와 앉아 있다
누구든 그 위에 앉으면 그 무게만큼 구름이 떠올라
그의 머리가 구름 속에 꽂힌다
어디선가 우레 치고 큰비 내리는데
그는 복잡한 생각에 싸여 앉아 있다
제 의자에서 미끄러지지 않게 힘준 발가락 느끼며

그 아래는 대개 구조가 단순하다
의자 다리는 네 개
그 사람 다리는 두 개
여섯 개의 다리 중 두 개에는 발가락이 달려
모든 균형이 잡힌다

나무 의자

무슨 나무로 만든 의자?
소나무라면 그 잎에 찔려 비명 질렀던
즐거운 기억이 있다
그런데, 그게 무슨 의미가 있지?

밖에 나앉은 의자는 속전속결로 다리를 꺾던
기억에만 특히 민감한 면이 있다
완고하다고 할까
사고적이라고 할까

소나무라면 그 잎에 찔려 비명 질렀던
즐거운 기억이 있지만
의자일 뿐이어서 나는 거기에 앉아
잠시 꺾인 무릎 아래로 팔을 늘어뜨린다

쉬는 것이다
소나무로 만든 의자라고 특별할 건 없다
모든 의자는 직립을 미워하며

선 이의 완고한 다리를 곧잘 꺾어버리는 걸
나는 안다

그것도 행복의 한 논리라면
나는 거기 앉아 잠시나마
솔잎에 찔린 다리의 즐거운 통증도 기억한다
그건 특별난 기억도 아니고
더더구나 내가 시인이어서 그런 것만은 아니다

누런 가방

가방들을 두고 침묵의 마을이라 한 화가를 기억한다
그의 가방은 잘 열리지 않고
늘 구석에 놓여 있었겠지
주인의 마음처럼

지퍼란 지퍼, 멜빵이란 멜빵,
끈들은 모두 가지런히 빠짐없이
닫혀지고 꼭꼭 매여진 채
여행 중인 검은 가방들이 서울역 무궁화호 개찰구
가까운 바닥 여기저기
놓여 있다

인공 쇠가죽의 불빛 덮어쓴 위쪽은 금빛으로 빛나
는데
그 아래쪽은 불룩하니 캄캄하다
가방 주위 어딘가에 있을 주인의 주머니도 가방만큼
자주 열리지 않아
뭐든 타협이 잘되지 않을 것이다.

사람들은 모두 어딘가로 갈 데가 있고
집요하게 뭔가를 기다리고 있다
그들이 바쁘게 일어설 때까지,
그들이 사라질 때까지
가방들은 완강하게 입 다물고 자리를 지킨다

안에 든 게 뭐든 제 것이 아닌
가방은 아무도 함부로 열어볼 수 없다
열어보려는 이도 없이 가방들은 버려진 채 떠도는
늙은이의 어깨들처럼
위가 짓눌린 채 구겨져 있다

가방

가방이 있고 신문지가 놓여 있다
가방은 늘 닫혀 있고
신문지는 때로 펄럭거린다

검은 가방은 속을 알 수 없지만
신문지는 온갖 것을 다 보여준다
나는 시간이 있어서 서서 그걸 이리저리 훑어보지만
다 읽진 않는다

가방 주인은 가방 안에 별로 중요한 것이 없기에
그냥 두고 잠시 볼일을 보러 간 게지
그러나 사실은 그 가방이 그에게는 제일 중요한 것
일지도 모른다
읽던 신문을 그 곁에 놓아둔 건 확실한 볼거리로
가방 안에 대한 궁금증을 희석시키려는 것일까

물론 아무도 가방 안에 대해 궁금해하지 않는다
펼쳐놓은 신문은 더러 눈길을 끌지만

별수 없는 일들을 너무 자세하게 묘사하는 것만이
능사는 아니라고
다들 생각하는 듯하다

가방은 굳게 입을 다물고 속을 보여주지 않는다
그 안에는 천국의 열쇠도 들어 있을 수 있지만
모두 짐짓 무심하니 눈길 주지 않는다
역사 안의 모두가 가방처럼 입을 닫고 있다
가방처럼 잠시 여기저기 놓여진 채 저마다 고요히
누군가를 기다리거나
단순한 궁금증을 못 참고 신문을 읽는다

途中의 안동휴게소

봉고차의 푸른색이 낡아
제 속의 많은 문제들 드러낸다
밥 먹으러 간 이들 돌아올 때까지 열어놓은 차 속
이미 배부른 여섯 개의 배낭이 포개져 있다

배낭들 옆 비닐로 싼 작은 박스에는
먹을 것들, 소주와 돼지고기, 푸성귀와 된장과 고
기 구울 버너들이
차곡차곡 쌓인 채 배낭들의 속을 더욱 거북하게
한다

몇 가지 더 필요한 것들, 예컨대 생수 여섯 병, 간
식으로 먹을
초콜릿 열두 개, 산정에서 깎아 먹을 사과와 밀감
열두 개에
그것들의 껍질 깎을 칼들은 휴게소에서 총무가 공급
으로 마련했다
다른 사람들은 총무와 전혀 다른 족속들인 양

등산화 신은 다리를 들었다 놓았다 하다간 봉고 속
에 가지런히 포개진다

봉고 문이 완강하게 닫혀도
칠 벗겨진 안쪽에는 많은 문제들이 실려 있다
그걸 의식하듯 봉고는 부르르 몸을 떨더니 왈칵 앞
으로 나간다
혹 지름길이 더 있는지 하고 지도를 펴는 총무의 어
깨가
앞으로 확 당겨졌다 왈칵 뒤로 젖혀진다

1월 1일

동해 일출이라,

라면 국물과 면발과 고춧가루와
김치를, 어제 산 신문지를 엉덩이에 깔고 앉은 채
먹으며
몸 안에서 가랑잎처럼 바스락대는 추위를 몰아낼
큰 해가 해장국 국물처럼 떠오르길 기다린다

모두 그러하다 버림받은 섬처럼 외로운 표정들로
어제의 신문을 옆구리에 끼거나 바람막이로 세우고
시위자들처럼
입들을 앙다문 채 차츰 남의 라면 국물처럼 밝아오
는 수평선을 바라본다
그게 희망의 조짐인 모양이지만 누가 벌건 얼굴로
떨면서
괜히 남이 들고 있는, 새 정부 인수위가 뜬다는 기
사로 가득 찬 신문지를
다른 소식이 없나 하고 힐끗거린다

드디어, 구름 사이로 퍼덕이는 바다 위로 해가 솟아
오른다
새 정부 인수 문서 도장 같다 그게 희망의 빛이라면
라면 국물과는 다른 빛깔도 있는 듯하다

어젯밤에 고스톱 친 팔을 새삼 세우며 해를 향해
누가 카메라 셔터를 누른다 또 누가 카메라 셔터를
누른다 카메라 셔터들이 여기저기서 눌러진다
그게 새해 새 꿈의 확인이라 여기는지 모두 조급하
게 잇달아 카메라 셔터를 누른다
그러곤 저마다 먼저 그곳을 빠져나오려고 제 차를
향해 달린다
차들이 마구 뒤엉켜서 쉬 빠져나오지 못한다

미처 챙겨오지 못한 내 그림자 찾으러 혼자 낮에 되
돌아가보니
아무도 없는 해안이 환하다

바닷가에는 갈매기들이 싫어하거나 개의치 않는 돌들이 쌓여 있다

돌들은 햇살에 따뜻해져 해의 알들인 양 빛난다 부화 중인 듯하다

버려진 해가 괜히 더 빛나고 있다

노래하는 사내

그는 노래한다 발기한 성기 같은
마이크를 과장해 흔들며

고음은 목을 닭처럼 제껴내는데
울대의 잿빛 그늘이 크게 드러난다
그는, 물론, 그걸 보여주려는 게 아니었으리라
이내 저음으로 턱을 당겨
침과 소리가 빨려들어가는 마이크 뒤로
제 울대를 숨긴다

다만, 그의 높은 소리와 낮은 침묵이
어떻게 나타나고 숨겨졌는지
누구든 못 보았다고 할 수도 없다

뻥튀기 파는 사내

상습 정체의 길 중앙선 위에 서서
흰 모자에 흰 마스크를 쓴 채
뻥튀기 든 손을 과장되게 치켜들고 있다
외모로 봐 보수주의자는 아니다

짙게 선팅한 차 속에서는
질주자가 붉은 신호등만 노려볼 테지
그의 연인은 모자를 눌러쓴 채 랩 소리에만 귀를 열
어둘 테지

차들이 움직일 때 질주자는 단호한 이별의 표정을
짓지만
질주자의 연인은 천 원을 차창 밖으로 내보이기도
한다
심심했고 뭔가 씹고 우물거릴 게 필요했던 게지
그는 질주하는 차를 거슬러 내달리며
멋지게 돈을 낚아챈 다음 뻥튀기를 차 속에 집어넣
는다

그러나 질주자는 너무 빨리 바뀐 신호등에 급정거
하며

모욕감을 느낀다

가을이 오는 길은 자주 막힌다

오래 막혀야 산다, 며

그가 또 한 봉지 뺑튀기를 하늘로 꺼내 올리는 게
보인다

모두 신호등 외에는 아무것도 기다리고 싶지 않고
사고 싶지 않을 테지

그도 자신을 온전히 그들에게, 우리에게 팔아넘기
진 않는다

서 있는 여자들

여자들은 가벼운 농담에도 곧잘 몸을 흔든다
웃음들이 얼굴들 위로 얕은 시냇물처럼 어른댄다
그러고는 흑백의 눈으로 수평선을 바라보거나
바닷가에 도열한 수직 건물들의 높이를 더듬거나
바랜 무표정으로 모든 걸 마주할 뿐이다
파도는 그들이 밟고 선 판자 밑에서 으르렁거린다

한 여자는 저보다 나이 많은 여자의
팔을 붙들고 가지 않겠다고 흔든다 밧줄처럼
다른 여자는 흔들린다
판자 밑 으르렁대는 파도가
거친 흰 속내를 내보인다

그들을 실을 배는 시간이 되면 나타나
시멘트 벽에 댄 고무 타이어 짓이기듯
거대한 몸을 그들에게 부빌 것이다

또 어디선가에서 배가 들어오는데 그 위에

낮선 수평선이 실려 있다

쇼핑백들

노란 쇼핑백은 파란 쇼핑백과 한통속임을 치욕으로
여길까
노란 쇼핑백은 안을 보여주지 않는다
검은 쇼핑백은 안을 보여주지 않는다
파란 쇼핑백은 안이 약간 보이는데 포장한 박스들이
들어 있다
택시는 오지 않고

쇼핑백들 곁 검은 옷 입은 여자가 푸른 쇼핑백을 들
고 서 있다
분홍 옷 입은 여자가 남자친구에게 흰 쇼핑백을 건
넨다
남자는 유난히 조심스레 쇼핑백을 든다
쇼핑백처럼 입을 꾸욱 다물고
푸른 옷 입은 여자가 노란 쇼핑백을 들고 곁을 지나
가지만
아무도 그 안을 궁금해하지 않는다
택시는 오지 않고

남자가 화를 내며 여자에게 쇼핑백을 건넨 다음 가
버린다
서로의 속을 너무 알아버린 것일까
여자가 분홍 옷 속을 전혀 보여주지 않아서일까

택시가 와서 한 여자가 쇼핑백을 일일이 챙겨 실은
다음 가버린다
갈색 옷 입은 남자가 또 쇼핑백들을 건물 앞에 세
운다
파란 쇼핑백과 검은 쇼핑백은 서로 기대지만
서로에 대해 만만하지는 않다
쇼핑백의 주인은 택시를 기다린다

철모

참새는 한군데 오래 앉아 있지 않는다
햇볕에 가슴의 잔털들 부스스 일어나는 걸
참지 못해 날아가버린다
철모가 남겨진다

참새가 또 오래 앉아 있지 않는다
제 노래에 놀란 맘 진정치 못해
날아가버린다
계속 철모만 남는다

오래전 총 맞아 쓰러진 병사의 피가 스며든 땅을
철모가 덮었다, 뒤집혔다
참새는 그 위에 날아와 앉지만 오래 앉아 있지 않
는다
철모만 계속 남는다

무성한 풀뿌리가 껴안은 철모가 담은
빗물에 비치는 하늘은 이내 마르고

계속 철모만 남는다
이미 삭아내려 철모라 할 수 없는 지경인데도
한참 더 남는다
철모는 여전히 딴 데서 생산되고 있는데
인간에겐 왜 모든 게 한참 더 기억되나?

불안한 의자

흙 위에 마른 먼지 날리는 대지 위에 쌓인 저것들

큰 합판 위에 네모난 작은 합판을 깔고
거친 합판 조각들을 그 위에 이리저리 걸친 다음
다시 더 큰 합판 조각들과 합판 조각들을 쌓고
작은 합판 조각들을 그 위에 걸치고
큰 합판 조각들을 쌓고……

계속 높이 쌓여가지만 결국 허물어지게 되어 있다
그러면 내 고단한 오후를 그 위에 엉덩이 걸치고
앉아 쉴 수도 있으련만
의자였던 합판들 테이블이었던 합판들
속이 든든한 상자였던 합판들
위에 신문지 깔고 앉으면
합판들끼리 추억만으로 지지고 볶고 싸우는지 온통
삐걱거려
땅에 발 닿지 않은 내 몸 전체가 울렁울렁거린다

합판 무더기에 깔린 풀들이야 옆으로 삐져나와 꽃
핀다

그것들 겁나게 자라나 내 임시 의자인 합판 무더기
들을

뒤집어버릴 수도 있으리라

그러면 나는 땅 위에 내동댕이쳐져서

아무 데나 주저앉을 수밖에 없을 것이다

통

통은 안이 안 보이게 닫혀 있다
그것들은 쌓여 있다
통들은 서 있는 게 누워 있는 것 같다

그것들은 끝까지 무표정하게 놓여 있다
통 심심하지 않은 표정들이다
나는 그것들 위에 아무렇게나 앉아서
나의 그늘을 내려다본다

통 안이 안 보인다 해서
때로 그 안이 짐작되지 않는 것은 아니다
세계 곳곳에는 그런 것들이 쌓여 있다
그 안에 내 시를 넣은 것도 있다고 우겨봐도
그것들은 무표정하게 놓여 있을 뿐이다

그 안에 주검이 들어 있어도 시간은 썩지 않을 것이다
삶을 위한 메모와 추억과 욕망의 계산서들이 들어
있어도

글쎄, 그것들은 무표정하게 쌓여 있을 뿐이다
어디로든 운반되기를 갈망하고
서로 포개진 채 묵묵히 기다리기도 한다

악어

이 악어는 우리가 본 악어 중 가장 크게 여겨진다
과장이 심했기 때문인데,
그러나 무섭지 않은 악어

어슬렁거리지 않고 화가의 작업실 한 구석에 놓여
있다
두터운 갑피는 하나하나 다른 모양으로
우리 삶터 곳곳에 숨어 있다가 화가에게 들킨 것
이다
쓰레기 하치장, 폐차장, 고물상 어디에나
그는 악어 조각을 찾아다녔다 악어가 될 만하면
뭐든 사 모으고 주워 모았다

온갖 쇠 파이프들 용접하면서
그는 악어처럼 마음과 몸 뒤틀었다
불꽃이 튀어도 악어처럼 악문 쇠 놓지 않은 채
온몸 뒤틀어댔다

완성되면 화물차에 실려가서

시내 중심가 우아한 건물 안에 한동안 전시된다

그런 악어만을 찾아다니는 문화인들이 그 큰 아가리
에 손을 넣어

악어의 영혼에 닿기라도 하려는 듯 깊숙이 손가락을
휘저어본다

깊은 속 닿아 아주 차갑게 느껴지는 게 있다고 해서

그게 악어의 영혼이 아님은 물론이다

그러나 그게 실제로 더 위험해보이기도 한다

심한 과장 때문만은 아니다

커피숍

.

커피 잔에 넣은 흰 각설탕처럼
순식간에 녹아 어둠 속으로 사라진 사람 기다리는지
어둠을 스푼으로 잘 저어서 저 혼자 커피 마시는 이
있다

담배 피우는 이
── 커피숍

담배 피우는 이는
생각을 끊지 못하는 고집쟁이 같다

때로 생각 속에서 짙은 연기를 뿜어내고
속 탄 재 함부로 마음 밖 떨어뜨리기도 한다

그러면 옆에서 그의 연기 맡은 이가
황급히 얼굴 찌푸리다
표정이 재처럼 흩어져버리기도 한다

담배

담배 때문에 수명이 짧아진다고 텔레비전에선 야단
이지만
사람들은 여전히 죽지 않고 싸우며
여전히, 담배 연기가 아늑하게 인간의 내외에 깔려
있다

그렇지만 나도 결국 끊어야 하지 않을까,
하긴 끊어야 한다는 생각이 문제고, 그래서
오히려 끊는 게 더 공포스러운 게 아닌가 하는 생
각을
내 자신에 대해 한다

끊어야 한다면 담배보다 오히려 더 해로운 것들,
연애나 결혼, 또는 이렇게 시 만드는 일들……
이 치명적인 것들 끊는 게 더 급하지 않을까

담뱃갑이 여기, 오래전부터, 놓여 있다
그리고 재떨이는 거기 놓여 치워지지 않는다

각이 져 있거나 둥글게 파여진 라이터들은

아름다운 무늬나 디자인이 새겨지거나 조각되어 그
들 곁에 늘 있다

그것들은 서로 없어지지 않는다

끊을 수 없는 사랑처럼 끈질기게

서로 연기 한 모금씩 피워서 나누어 가지길 기대하
며 있다

제2부

야적
—— 구제역 1

외부인 출입 금지 구역을 둘러친 띠가 무지개처럼
흔들린다
소독한 죽은 나뭇가지에도 걸려 펄럭인다
불탄 돼지와 소의 재의 영혼들이 쌓인 채 바람에 뒤
적여지고

무지개는 죽은 나무가 피우는 불 속에 제 짐승을
묻는,
머리에 띠 감은 남자의 이마에 그려지는
그늘의 빛깔이기도 하다
그는 이제부터 불에 덴 영혼을 가진다

비는 외부인 출입 금지 구역 안을 적시고
그 경계의 생석회 뿌린 땅 위에
죽은 무지개의 얼룩을 남긴다

야적
── 구제역 2

정치적인 행위: 쌓인 것을 울며
태워 없애 보이는 것

짐승들의 갈라진 다리는 하늘로 치켜들린 채
화염새들의 날카로운 부리들에 뼈를 발린다

눈에 보이지 않는 것은 그렇게 처리돼야 전염되지
않는단다
전염 꺼리는 마음만 아파서 스스로 그 마음 넘어뜨
리면
제 가축들이 뜯어먹던 제가 키운 풀들이 불로 일어
서며 춤추며 사납게 고함치며
모든 연민들을 태운다

뜨거움을 느끼는 돌에, 재가 되는 흙에, 불길 속으로
타는 눈길에, 불길을 더 보채는 기름에, 사진기의
섬광에,
경찰들의 헬멧 위로 쌓이는 잿가루에, 짐승을 키우

지 않는

　정치인의 입술에, 시인의 노래에

　끝내 태워지지 않는 연민이 있다 해도

야적
── 노인

야적장 부근에 늘그막에 눌러앉은 노인은
기억의 부속품들 잘 챙겨지지 않는 몸으로
사람들의 꿈과 잔해들 뒤적여 고철로 팔아먹는다
바랜 욕망들과 함께 햇빛 아래 수북히 쌓아놓은 잔
해들엔
어둠들이 골다공증처럼 뻐끔하니 내다보인다

오늘 하루도 내 것이 아니었다며
더 뒤질 것 없는 욕망의 빈터를 접으면
뒤진 자리마다 퍼런 풀들 돋아난다
迷妄의 꿈 그늘들 또 무성해진다

야적

—— 포대들

내놓은 포대들이 버려지지 못하고 다시 헤적여진다
2003년 2월 26일 경찰이 대구 지하철 안심 기지창
에 옮겨놓은 화재 현장 쓰레기 포대를 분류하니 의외
로 많은 유류품들이 나와 유족들을 화나게 한다 유류
품 중에는 화재 당시 승객들의 신체 부위는 물론,

황색 중절모가 나온다 모자 주인의 머리가 타버려서
모든 이들의 머릿속이 복잡해진다

즉석 복권 다섯 장과 부적은 죽은 이의 행운과 관련
이 있으리라
그걸로 누가 낮에 뜬 별을 가늠했을까

그리고 조리기능사 문제집과 초등학교 6학년 수학
문제집이
여전히 풀리지 않은 문제들과 함께 나온다

묵주는 그래도 끊어지지 않아

죽은 이의 완강한 신앙심을 짚어보게 한다

화장도구, 목걸이 구슬, 부러진 신발 뒤축, 구두 한 짝, 부러진 안경테, 끊어진 멜빵, 대구은행 통장 쪼가리……

그런 사랑의 잔해들이

죽은 이들을 쉬 떠올려주지 않는다

모든 삶의 매듭들은 풀리지 않은 채 반쯤 탔거나 온통 그을어 있다

죽은 이들이 끝내 가져가지 못해 우리가 하나하나 자세히 살피는 것들

아무도 드러내놓지 않으려 안간힘을 썼으나

쓰레기로 쓸려나와 다시 챙겨지는

사랑과 증오의 바깥에 504개의 쓰레기 포대가 쌓여 있다

버려질 수 없는 포대 안에는 너무 많은 삶의 단서들이 캄캄하게

접혀 있거나 부풀려져 있다

물통

어디에나 물통은 있다
다리도 가슴도 털도 없는, 오직 미끈한 부푼 몸통뿐인
몸통과 주둥이뿐인 물통들이
집에도 사무실에도 여행객의 차내에도 있다
어디에나 굳게 입을 봉한 채 정좌해 있다

인터넷에서 물을 검색해도 내 손 젖지 않는다
손끝이 감지하는 물결 출렁이는 사이트는 마음만 적신다
주문하고 온라인 결제하면 그 출렁임이 누구에게나 온다
다리도 가슴도 털도 없는, 오직 미끈한 부푼 몸통뿐인 물통
내게도 사흘에 한 번꼴로 배달돼
부엌 제단 위 신상처럼 당당하게 세워지는

주둥이가 좁고 밑이 넓은

바람난 여신처럼 배가 허리가 등이 풍만한
다리도 가슴도 털도 없는, 오직 부푼 미끈한 몸통
뿐인,
몸통과 주둥이뿐인 저 물통들은
한결같이 주둥이를 굳게 닫은 채 실려 온다
그 물길도 젖지 않아 되짚어 찾아내기란 어렵다

때가 되었으니 오늘 아침에도 배달되어 오리라
나는 수척한 나무 그늘에서 빈 물통 들고 내다본다
물이 오는 길 끝은 당연히 모든 물의 최상류,
산의 샘 같은 하늘로 열린 문 있으리라
여기서 되가져간 빈 물통은 거기서 거듭나리라

믿을 수 있는 물 끝까지 믿고 모실 수밖에 없는 물
우리는 고즈넉하게 기다리고 있다
사랑 나누는 이의 대답보다 더 절실하게

것들

바다는 우리의 것들을 밖으로 쓸어낸다
우리 있는 곳을 밖이라 할 수 없어서
생각들이 더 더러워진다 끊임없이
되치운다

우리가 버린 것들을 바다 역시 싫다며 고스란히 꺼
내놓는다
널브러진 생각들, 욕망의 추억들, 증오와 폭력들의
잔해가 바랜 채 하얗게 뒤집혀지거나
검은 모래 속에 빠진 채 엎어져 있다

나사가 빠지고 못도 빠져나가 헐겁지만
그것들은 우리 편도 아니다
더욱 제 몸들 부스러뜨릴 파도 덮치길 겁내며
몇 번이나 우리의 다리를 되걸어 넘어뜨린다

여름 홍수에 그런 것들 거세게 바다 파고들지만
바다는 이내 그 모든 것들을 제 바깥으로 쓸어 내놓

는다
    우리 있는 곳을 밖이라 할 수 없어서
    우리 생각들이 더 더러워진다 끊임없이
    되치워야 한다

파편들

　무기 박스였을 판자 조각들은 곧 터트려질 꿈도 없어진 채
　가늠 안 되는 기계의 부속품이었을 강철 스프링과
　철사들이 뒤틀린 채 한 몸으로 서로 미워하며 누워 있는
　그 위에서 그 모든 아래로 파고든다

　DMZ에서 지난 수해 때 흘러내려온 걸 수거했을까
　겉이 썩은 지뢰가 터무니없이 버려져 여전히 긴장해 있다
　옛날의 무전기와 오늘의 핸드폰이 선을 고집하거나 뚜껑 고집하며
　함께 버려져 제 고집들 내세운다

　방독면의 찢어진 주둥이도 꿍꿍이속을 드러낸 채 숨 죽이고 있다
　부서진 인형은 제 몸 돌아볼 생각도 않는다
　유리 조각은 4분의 1톤 무개지프차의 앞창 파편인

걸 어설프게 숨긴다

　온갖 것들이 널브러진 실내 또는 실내의 실외,
　실내의 실외의 실내에는 나무 그림자도 버려져 있고,
　그 나무의 잎인지, 푸른 잎 하나 뒹굴고 있다
　그건, 버려진 희망이거나 수거해야 할 절망처럼 보
인다

　어떤 곳이든 언제나 그런 것들로 쌓이게 마련
　문을 열어놓았거나 닫아놓았거나 자꾸 무언가가 안
팎에서
　내던져지고, 바람은 아무것이나 헤적인다
　조만간에 저 나무 그늘과 나뭇잎마저 쓰레기들에 묻
히리라
　버려진 채 쌓이는 제 무게 못 이겨
　겉이 썩은 지뢰의 속이 터져 모든 게 산산조각 나
리라

긴 나무 의자

바람과 비에 바랜 채
햇빛 속 하얗게
기다리고 있는 긴 의자

거기 앉아서 남자가 여자의 어깨 밀어 쓰러뜨리면
여자의 머리는 의자 밖으로 빠지고
의자의 다리 하나가 문득 삐걱댄다
사랑이 가볍지 않고 한쪽으로 너무 기운 탓이다

숲이 끊임없이 사운대고
깊이 알 수 없는 늪의 개구리들은 요란히 운다
어딜 향하든 길들이 급하지 않다

사랑이 아니라도 아무나 의자에 앉으면
숲 아래 잠든 물빛에 숨죽일 것이다
그의 다리와 의자의 다리는 튼튼해서 외롭고
때로 무너져 다시 고쳐놓으면 의자는
제 깜 한동안 유지하려 애쓴다

숲으로 들어가는 길과 숲에서 나오는 길목에
의자는 성실하게 앉아 있다
때로 달빛이 물컵 엎지른 것처럼 쏟아져내려도
의자는 기다리고 있다
어쩔 수 없이 버티며
늘 지난 일처럼 앉아 있다

기울어진 지평

지평선이 꽤 기울어져 있다
기사가 쉬러 갈 때 측량기를 너무 세게 누른 탓이다
기울어진 지평의 아래는 기울어지지 않은 무성한 풀
덤불
숲 너머로 사선을 그으며 나비가 날아간다
개미의 집이 어둡고
때로 쥐들은 그 가까운 데서 출몰한다

폭풍의 구름이 끊임없이 솟구치며 감정을 확장시키
지만
기운 지평선은 어쩌지 못하고
역광에 풀들만 날카롭게 곤두서 예리해져 있다
측량기를 통해 보는 선은 정확하게 어떤 지점을 끊
어낸다
어쩌면 기울어진 측량기 그대로 선이 그어질지도 모
른다

끊어낸 만큼 저 풀숲은 파헤쳐지고

그 상태로 지평선은 수평 유지할 것이다
어떤 미심쩍은 신앙이 그 위에 세워질까
수많은 개미구멍 같은 깊이와 높이 속으로
사람들은 들락거리며 구름처럼 솟구치며 확장되
겠지

개미와 쥐들의 세계인 풀숲이 사라져도
아이들의 소리에 떠서 종이 나비는 날 테고
지평선은 그 아래 펄럭이는 깃발이 되기도 하리라
그래도 개미와 쥐들은 사라지지 않고
더욱 집요하게 인간들의 마음 파고들어
더 깊고 아늑한 집과 통로 만들어내겠지

그러고는 구름처럼 거대한 지평선이 펄럭이며
덮쳐오기를 꿈꿀 것이다

열 수 없는 창

열 수 없는 창의 바깥 면이 말갛다
밧줄에 생계 매단 사내들 불러 닦았나
그들이 들여다봤을 창턱에 놓인 제라늄 화분의 꽃
들을
또 누가 가지런히 정리해놓았다

자판기 커피 맛으로 꽃잎 헤아리다가
일과 후 알 수 없는 마음 거둬 엘리베이터로 내려가
모두 건물을 나가버린다
열 수 없는 창의 밖이 훤해서
제라늄은 밤새 꽃문도 닫지 못하고
치워질 때까지는 어쨌든 그렇게 아득히 피어 있다

새파란 길

맥주처럼 마음 부글대느라 듣지 못했을까
차바퀴에 깔린 비명 소리
술과 속도감에 취해
누군가를 죽이고 도주하는 무리들

뒤이어 차들 왈칵왈칵 몰려와
부서진 삶 으깨어 아스팔트 위에 납작하니 붙여놓
는다

지리산 밑 88고속도로 위
햇살에 빛나는 붉은 핏자국
야성의 제 길 위험하다는 경고 표지 같다

굉음의 차들 그 표지 무시하며 짓뭉개고 지나가도
봄날 고속도로가 끊어놓은 길의 새싹 돋아나
이쪽과 저쪽 당겨 잇는 힘도 어김없이 새파래진다

제3부

봄꽃

팝콘 쏟아 내놓은 듯

겨울 속 적의가 굳은 얼음과
수상한 풍문들이 세운 귀들,
누군가를 곧잘 죽여버리던 연인들의 닫힌 역사들
그 모든 톡톡 불거진 것들 누군가가 다 모아선
불 위에서 돌려 달궈 팽팽하게 부풀려서
마침내 한꺼번에 터트려버린,
봄꽃들

아삭아삭 진종일 예쁜 팝콘만 먹어대는
바람의 저 희디흰 이빨들

사막

사막의 무덤은 모래로 덮고 둥글게 봉분을 한다
남은 이는 엎드려 운다
만든 꽃도 꽂는다

노란 천 쓴 위구르 여인은 파미르 넘어온 이의 후예
와 결혼하여
둔황 언저리에서 아이를 낳았다
그 남편은 죽어 슬픔보다 시신이 먼저 마른다

바람 앞에

핑계 없는 무덤도 있다
어떤 무덤이든 바람이 덮어준다
나는 무덤 너머에 숨어서 똥을 누며 모래 알갱이가
엉덩이를 때리는 걸 참는다
나의 냄새를 바람은 모래로 덮는다
모래에 손을 씻는 것으로 뒷정리를 한다
나의 몸의 한 무덤도 이미 하나 생긴 걸

바람 속에 기록해둔다

대구로 돌아와서 내가 묻었던 나의 똥무덤을 생각
한다
그것을 조상하기 위해 다시 사막에 갈 필요는 있으리
이곳도 바람 속이고, 세계는 많은 것들이 죽어
남긴 봉분들로 가득 차 있다
황사가 덮이는 날은
나의 무덤이 떠서 날아오는
바람 소리를 듣는다

둔황
—— 재학에게

매일 구두 닦아도 수다만 광내는 이들의 직장인 대구
나의 집을 거기서 떼어내지 못하고

나는 곧잘 집을 나선다
때로 멀리까지 나를 읽는 이 있다면
시는 그 始動이며, 모든 바깥의 절경 속에
내 절망이 안치되었다는 것을 알리라

타클라마칸의 미라가 씹어 뱉어낸 모래의 산 또는
고비의 바람이 쌓은 무덤까지
맨발로 걸어 올라가
뭇 감정의 모래 알갱이들이
폐와 눈으로만 고통스레 읽힌다면
내가 있는 곳은 여전히 미완의 둔황,
모든 말의 절경이자 폐허인 작열하는 하늘과 땅의
그늘의
그 많은 밝은 세계

견디는 것은 벼리는 것
모래 한 줌의 무덤을 만들어
거기 내 집의 설계도를 걸어놓기도 한다

원촌 강 둔덕에서

──육사를 그리며

낡은 사진 속에만 있는 강마을에 봄이 안 보인다
먹물 바랜 듯한 산과 밭 사이로 희끄무레한 강물
낙동강 얼었던 시절 찍은 듯

그 동네 가는 길 물이 지워서
새로 난 다리 건너서도 자꾸 묻는다
언덕 위에 서서 마을 잠긴 물속 들여다본다

끊임없이 수런대는 수면
옛집 있던 자리 감도는 물살이 떠드는 강 둔덕엔
봄풀 또 강인하게 우거지고

이 둔덕이 키운 맘 예리하게 벼려
봄 찾아 일찍 강 건너간 사람 떠올린다
엄혹한 겨울바람 얼린 얼음장 딛고서

그의 봄 돌아와 우리가 쉬 푸르러지는 강 둔덕에서
봄 졸음에만 겨울 수 없다고

눈 쥐어뜯는 이 있다

.

경주 남산

돌 안에 슬픔이, 금 가기 쉬운 상처가
들어앉아 있다
미소를 머금은 채

누가 그걸 깎아 불상으로 드러내놓았을까
제 마음 형상 깎아내놓고
내 슬픔 일깨우려 기도하라는가

나는 없고
이 돌만이 오래 있을 뿐
슬픔 앞에 불려온 이들 기도로
천둥 치면 어둡던 돌의 뒤가 환해진다

구석진 곳

나는 여전히 구석진 곳에서
노래한다 여기저기 빈 깡통들 버려져
쭈그러진 안이 제 스스로 예리해져 있다
촉각이 예민한 모기는 가는 생각 가는
다리 가는 목소리로 내 피를 노래 부른다

깡통은 이제 제 빈 안을 미워하지 않는다
한때 제 안에 담았던 풍부한 음식들도 과자들도 그
리워하지 않는다
모기가 빨대를 들이밀어도 추억의 어둠의 피마저 내
준다

구석에 쌓인 신문지는 쥐들 파먹은 사건들로 너덜너
덜하고
그 여백에 내가 쓴 글자들 바랜 채 바스락거린다
모든 게 마른 기억 너머에 있다
영혼도 없는 모기의 노래만 날아다닌다

폐교

어둠 속 높이 선 이순신은 전신이 파랗다
온통 바다 아래 잠긴 듯하다
폐교 운동장 침범하는 학교 앞 새로 핀 유흥가 불빛
때문인가
어떤 밤엔 빨갛게 달아오를 때도 있다

운동장 안 넘보는 건 취한 불빛뿐만 아니다
누가 애완하다 버린 짐승들조차 동네 떠나지 않고
그의 어둠 뒤지며 노략질한다
밤의 폐교 안은 내란으로 내몰린 바다처럼 들떠 있다

아이들 소리 하나하나 풍선처럼 떠올라 사라진 하
늘엔
별들만 왁자지껄하니, 은바늘 쌤통 뾰루지들 돋아
있다

나무 아래

사람들 동네 입구엔 으레 생울타리인 양 나무 있고
그 위 바람 지나는 길목엔 수문인 양 까치집 떠 있다
까치 아이들 어지럽겠다
몸보다 마음이 더 어지러운 술 취한 아버지
그 집 아래서 자주 늪처럼 뒤척이며 잠들지만
까치는 언제든 크게 울어 깨워선 아랫동네로 잘 내
려보낸다

골짜기에서 개울물처럼 쏟아져나오는 범종 소리에
까치집 아래는 황혼이 沼처럼 감돈다
식구들 다 돌아온 까치집에 별의 불 켜진다
절 찾아 올라온 할머니가 비탈길 위에 서서
그 등불 올려다보며 괜히, 절한다.

제4부

휴전선

모든 이별의 마음들로 깊어지거나
이별할 때 빠뜨린 마음들로 깊어진
헤어진 후 서로 부르는 노래의 저음으로 깊어진

저 강, 노을에 붉게 상기된

흘러드는 강의 울타리 이쪽에서
우리는 추운 바람에 뺨 얼어맞은 듯한 얼굴로
새로 깔아 엮은 철조망에 닿은 손 황급히 떼어
호호 입 가까이 대고 분다

매미

매미가 운다
중앙공원 인근 우체통 옆
밤의 나무 그늘에 우표처럼 붙어서

이 밤중에 자지 않고 웬 울음?
불빛 밝아 낮인 줄 아나?
그보다는 더 그리우니까?

그러니까 그리우니까?
아직도 서로 완전히 오지 않아서
불빛 아래 차오르는 그늘의 수위를 재며
우리는 가로수 그늘 아래 마주 서 있고

매미는 새벽까지도 울음 그치지 않네
이산가족들 만나 껴안고 우는 사진 구겨진
신문 덮고 집 없는 이는 저 구석에서 자는데

오직 울음으로 만나질 제 짝 그려

지하에서 한사코 지상에 올라온 것들
제 모든 걸 울어 밝혀 잠 못 드는

빈 잠

술병 바닥까지 다 비워버린 줄 알았는데
의외로 너무 얕았나? 마시고 버린 빈 병과
나란히 깊은 잠 들지 못한다

뒤척이면서 푸르스름한 기운에 싸인 몸
추스린다 때로 허리 꼬부리면서
꿈나라의 골짝 말들 짧게 내뱉는다

그가 헤적여 내보이기 싫어하는 비닐봉지를
바람이 너덜너덜하니 열어놓는다
거기 삐져나온 공사판 연장들, 망치와 드라이버,
노란 칠한 군대식 물통은
그의 활기찬 아침을 기대하는 듯
완강하게 빛난다

새벽 두 시 지나 대합실 떠도는 잠 못 든 불빛들
그의 머리맡 뒤적이다 스러진다
꿈이 얕으니 더 뒤질 것도 없다

이미 바람에 다 열려버려서

아침이 와도 늦게까지 그 자신을

여미지 못할 것이다

밥상

찬 길바닥이 밥자리다
별처럼 밥알들이 흩어져 있다 비둘기들 내려와 쫀다
어제도 여기서 먹었고 그제도 여기서 먹었다

밥 고봉은 높고 뜨겁고 희다
청국장 묽은 내음이 길바닥 낭자하게 물들이는데
열무김치와 김장 김치 그릇 옆에 곤쟁이젓 반 종지
얇게 저민 더덕무침과 콩나물무침이 각각 한 접시씩
흙과 자갈 들 위에 놓여 빛나는

전화 주문에 제꺽 실어와선 길바닥에 부려 놓은 밥
쟁반
덮었던 신문지 걷어내 깔고 앉으면
여윈 몸 떨게 하던 추위조차 김 내며 그녀 에워싸고
노점 펴놓은 대지엔 봄꽃처럼 꽃핀 밥상이
또 한 상 가득 펼쳐지는 것이다

검은 가방

사과 상자도 감쪽같기는 마찬가지다

안이 더 넓고, 겉으론 투박하고 인정미도 있어 보
인다

그러나 그걸 이용하지 않은 것은

가방 주인이 세련된 보수주의자이기 때문일까

아니면 좀더 냉정하게 일을 처리하고 싶었던 것일까

이 각진 가방에 2억 원이나 들어갔다

얼굴 없는 이는 그걸 갖고 온 이의 뒷모습을 의심하
면서,

먹물에 잉크 풀듯 내용물을 처리했다

그다음 그 모든 게 결국, 다, 잘, 되었다

가방은 쓸 만해서 사시 공부하는 그의 아들에게 공
공연히 전해졌다

자부동* 의자

상추 솎아내는 여자들, 엉덩이에 방석 붙이고 다
닌다
스툴 팬츠**의 변용이라 할 것까지는 없다
그냥 자부동 의자란다

몸뻬바지 부풀어오른 엉덩이에 단단히 붙여 매어져
모진 생계처럼 잘 떨어지지 않는다
그래도 그게 붙어 있으니 앉아서 작업하기가 더할
수 없이 편하지 뭔가
거기 앉으면 땅이 폭신폭신한 걸 느낄 수 있다네
일손 놓고 쉴 때는 그 위에 그윽이 퍼질러 앉아서
밭머리에 서 있는 나를 채소 사러 왔는지 살피기도
한다
제 의자를 떼내어 잠시 앉으라고 권하기도 하며

상추 밭은 넓어서 해도 해도 일이 줄어들지 않지만
자부동 의자가 있는 한 오래 일할 수 있는 게지
쇠가죽 소파가 무슨 대수인가

땅이 온통 의자가 되는 자부동 의자가 최고지
자부동 의자라야 그녀의 엉덩이는 물론
가족들의 꿈까지도 푸근하게 제대로 앉힌다니까

  * 방석의 일본 말.
 ** 바지에 보조의자를 붙여 아무 곳에나 편리하게 앉을 수 있게
    한 옷.

분신 1

향기 짙은 석유의 꽃이
마른 신문지에서 먼저 피어난다

처음엔 검은 연기가
그의 가슴에서 나는 듯
쾅쾅 솟구친다
그다음 흰 연기가 함성처럼 비명처럼 솟아올라
아래로 드리워져 깔린다
사람들이 메스꺼워 토할 때
석유 스민 땅에도 불이 붙는다

그는 소리 지른다
나중엔 연기만 토해낸다
검은 철모 쓴 이들이 불을 끄고 나서도
흰 연기는 땅에서 그의 검은 재에서 계속 솟아나온다

사람들은 그가 피운 불에 얼굴이 그을린 채
제 손아귀에 움켜쥐어본 불을 놓아버린다

흰 연기는 거기서부터 신문처럼
도시의 골목골목으로 스며든다

소방차들이 붉게 왱왱대며 재채기하며
낮 뜨거운 도시를 질주한다

분신 2

불타는 몸이 내려온다 아직도
그렇듯 거대건물 옥상에서 떨어져
내려오는, 아니 수미산에서 내려오는
꽃잎일까

소신공양으로 타이른다
흐린 인쇄에다 오래된 신문이라 뜨겁게 들여다봐야
타오르는 게 보인다
철쭉꽃처럼

몸은 떨어져 내려도 불은 계속 지펴지면서 올라간다
불이 오르려는 곳은 거대건물 옥상이거나 수미산
정상
몸이 내려앉는 곳은 우리가 사는 땅,
땅, 땅 몰인정한 총소리 속

불타는 몸은 제 옷이 다 탈 때까지 마음보다 먼저
떨어져

내린다 떨어진 몸은 까맣고 차고 얼음 같다

이후 하늘에 수시로 출몰하는 불은 그의 몸에서 올
라간 것
밤공기 속 그의 몸냄새가 싸하게 느껴지지 않느냐
별이라고도 해 쌓지만
아직 여전히 타는 그의 옷깃이다

철거주택

벽과 대문에 휘갈겨놓은 '철거주택' 붉은
글씨가 빗장처럼 획이 서 있다 빗물에도
이지러지지 않은, 누군가를 저주하며
떠난 마음이 스프레이로 내뿜은

그리하여, 비로소 모든 게 구석이 된
잊은 맘처럼 아무데서나 민들레꽃이
돋는 어둡고 낯선 느낌으로
남아 있는 모든 게 쓰레기가 되는

집,터들

민들레꽃 그늘에는 욕망의 껍질인 시멘트 블록이 깨
진 채
도드라져 부재의 역사성을 떠올려준다
꽃을 그리라고 한 아버지가 어린 딸에게 주었을 볼
펜도 버려져
노란 민들레꽃 빛에 푸른 심이 상기해 있다

온 동네가 다 떠난 곳인데도
곳곳에 기척을 살피는 눈들은 남아 있다
버리고 간 고양이들
그것들도 민들레꽃이 끊임없이 번져나가
이 일대가 숲이 될 거라 믿고 발톱을 갈진 않는다
이내 아파트 숲이 짙으면 상가의 틈에 스며들어
바람처럼 쓰레기 뒤져 온통 펄럭이게 만들리라

추락지점

길이 바위 끝에서 끊겼다
바위엔 비가 악마처럼 칭얼댄 자국들이 있다

높은 소나무 그늘 아래
비가 악마처럼 칭얼댄 자국들이 있다
이 위험한 데를 그는 왜 왔을까?
바위에는 손가락이 긁은 흔적도 구두가 문지른 착잡
한 몸부림 흔적도 없다
누가 바위 아래로, 이미 죽인 이를 굴렸을까?
바위엔 비가 악마처럼 칭얼댄 자국들만 있다

산골짜기는 그가 만든 잡지처럼 깊게 펼쳐져
우묵한 데 고인 물가에는
신갈나무숲이 금빛으로 물들어 있다
제 무덤자리처럼 陽地를 열어놓고

그의 주검을 올라가 보려고 누가 또 바위를 타지만
바위 끝에 서볼 엄두를 못 낸다

자꾸 뒤돌아보며 뒷걸음질 친다
자연사로 처리될 수 없는 삶을 칭얼대는
자국을 그는 또 바위 끝에 남긴다

진정한 나는?

── 혜암

그가 불태워질

뒤안의

바람 그늘 타는 소리라도 떠올린 걸까

제 몸 아무것도 아니라는 그의 마지막 남긴 말에서

뭘 업신여겼는지 뭘 남겼는지 의심하며

심각하게, 재 같은 신문 뒤적이며 열심히 부음 기사

읽는 이 있다면

그가 바로 모든 나다

문명의 멀미와 구토 자국에 대한 한 보고서

김 용 희

　도시 생활에서는 그림자를 놓치기 십상이다. 시간과 풍
경은 너무 급속하게 흘러간다. 거대한 인간 사막을 헤매
다 부랑자처럼 여기저기를 힐끔거릴 뿐이다. 가까스로 어
둠이 찾아오면, 비로소 침상 위에 고단한 몸을 쓰러뜨리
며 간신히 자신을 따라온 그림자를 함께 누인다. 현대적
삶이 주는 안락함과 이 터무니없는 불안의 공존은 무슨 아
이러니인가. 문명이 만든 도시 속에서 현대인들은 점점
더 하찮고 주변적이고 종속적인 존재가 되어간다. 무엇인
가 존재감이 점점 헐거워지고 사라지고 있다는 느낌, 이
파국적 소모감은 도시적 삶이 가져다 주는 필멸의 수순일
지도 모른다.

　문명이 도시를 건설하자 시인들은 더 이상 자연에 머물
수 없게 되었다. 이제 도시는 현대인의 불안과 우울, 향수

적 아픔 등이 자리를 차지하는 선택된 장소가 되었다. 예술의 현대성은 이 도시의 막막한 불안에 대한 답변이라 할수 있다. 도시는 이제 우리 생활과 일상을 지배하는 문제적 공간이 된 것이다. 구체적 일상의 모든 요소가 담겨 있는. 도시는 인생을 걸기 위해 모여드는 공간이며 이방인들이 익명의 존재처럼 스치는 곳이다. 모래바람처럼 새롭게 만나고 끝없이 헤어지는, 낯선 고독이 유일한 양식이되는. 그리하여 도시는 현대시가 선택한 무대가 된다.

현대의 작가들은 도시의 권태와 빈궁에 찌든 대중, 거리의 군상들을 문학적으로 새롭게 표현함으로써 현대 modern의 도래를 알렸다. 이제 우리가 살아가는 '자연'은 '도시'이며 처다보는 하늘은 마천루의 천장이다.

이하석은 도시적 일상과 문명의 뒷모습에 대한 첨예한 투시적 시선을 지속적으로 보여준 시인이다. 도시의 거리에서 시인은 하릴없이 빈둥거리는 산책자가 된다. 시인은 풍경을 바라보고 풍경을 만들어낸다. 도시의 현실 속에 시선을 던지면서 사물의 본질을 포착하려 한다. 시인의 시선에서 세계는 철저하게 인격이 거세된 곳이다. 이하석이 직접적으로 느끼는 감각을 배제하는 것은 시선의 냉정한 무료함을 통해 비인간적 세계의 상태를 드러내기 위해서다.

이하석 시의 주인공은 사물이며 사물이 인격을 대신하여 현대적 삶을 살아간다. 역동적이고 급속한 이동이 이루어지는 도시 공간에서 모든 것들은 극단적으로 물건이

된다. 물건이 되는 것으로 건조하고 황폐한 도시적 삶을
완성한다.

　　가방들을 두고 침묵의 마음이라 한 화가를 기억한다
　　그의 가방은 잘 열리지 않고
　　늘 구석에 놓여 있었겠지
　　주인의 마음처럼

　　지퍼란 지퍼, 멜빵이란 멜빵,
　　끈들은 모두 가지런히 빠짐없이
　　단혀지고 꼭꼭 매여진 채
　　여행 중인 검은 가방들이 서울역 무궁화호 개찰구 가까운
바닥 어기저기
　　놓여 있다

　　인공 쇠가죽의 불빛 덮어쓴 위쪽은 금빛으로 빛나는데
　　그 아래쪽은 불룩하니 캄캄하다
　　가방 주위 어딘가에 있을 주인의 주머니도 가방만큼 자주
열리지 않아
　　뭐든 타협이 잘되지 않을 것이다.
　　사람들은 모두 어딘가로 갈 데가 있고
　　집요하게 뭔가를 기다리고 있다
　　그들이 바쁘게 일어설 때까지,

그들이 사라질 때까지
가방들은 완강하게 입 다물고 자리를 지킨다

안에 든 게 뭐든 제 것이 아닌
가방은 아무도 함부로 열어볼 수 없다
열어보려는 이도 없이 가방들은 버려진 채 떠도는 늙은이
의 어깨들처럼
위가 짓눌린 채 구겨져 있다   ―「누런 가방」 전문

  도시적 삶은 역 대합실 입구에서 속도의 총화를 극단적
으로 뿜어낸다. 사람들은 바쁘게 걸어가거나 집요하게
"뭔가를 기다린다." 기다림마저도 격렬한 광증을 동반하
는 듯한, 이곳 역 대합실 앞에서는 움직임으로 촉발되는
것만이 살아 있다는 증거가 되는 듯하다.
  "사람들은 모두 어딘가로 갈 데가 있고" "바쁘게 일어
서"고 있지만 가방은 "늘 구석에 놓여 있"고 "입 다물고
자리를 지키"고 있다. "짓눌린 채 구겨져 있다." "침묵의
마음"처럼.
  완강하게 닫혀 있는 입. 그것은 무수하게 움직이는 격
렬한 동성(動性)을 비웃기라도 하는 듯 침묵의 거대한 입
으로 봉인되어 있다. 이 스스로에 대한 단단한 매장(埋
葬)은 자신의 내면을 철저하게 은폐하고자 하는 가방 주
인들의 음모인가. 가방은 도시의 갖은 사연들이 음험하고

혹은 가련하게 숨겨져 있는 허파인가. 가방은 숨쉬고 있지만 고요하거나 말이 없다. 가방은 기다리고 있는 것만 같다. 무엇을? 고도를?

도시의 건조한 일상 풍경에 대한 날카로운 시선은 결국 도시의 일상에 대한 미메시스적 충동에 휩싸이게 하는 것이다. 독자를 현장에 붙드는 것으로 도시적 일상을 성취하려는 것. 이 현장성 속에서 독자의 긴장이 주목되고 시의 리얼리즘이 완성된다. 가방/우리는 다만 닫혀 있다는 것. 사람들은 모두 입을 다물고 있다는 것. 사람들은 가방처럼 함부로 열어볼 수 없다. "늙은이의 어깨들처럼/위가 짓눌린 채 구겨"진 가방처럼 불룩하고 캄캄한 아랫배를 가지고 제각각 무궁화호 개찰구에 모여든다. 사람들이 기다린다. 가방이 기다린다.

사람들은 이 도시의 거대한 빠른 회로 속에서 지칠 줄 모르는 협상과 개발에 스스로 돌진해가야 할지도 모른다. 스스로를 부분적으로 매매하면서 자신을 상품의 한 부분으로 헌납해야 할지도 모른다. 그러나 이 거대한 문명의 한복판에서 어리둥절해 있는 이들의 마음은 오히려 단단하게 침묵한 채 완강하게 자신을 닫아걸고 있는 여행 중의 검은 가방이나 다름없다.

이하석은 가속도의 충동으로 가득 찬 이 자본의 세상에서 오히려 제자리에 붙박여 부동하는 단단한 침묵에 집중한다. "가방은 늘 닫혀 있고" "굳게 입을 다물고" 있다

(「가방」). "봉고 문이 완강하게 닫혀" 있고(「途中의 안동 휴게소」) 사람들은 "입들을 앙다문 채 〔……〕 수평선을 바라본다"(「1월 1일」). 역사 안 대합실에 놓여 있는 가방, 고속도로 휴게소 주차장에 놓여 있는 봉고차, 끝없이 실려가는 현대 문명의 총아들이지만 그 "속"을 알 수가 없다. "굳게 입을 다물고 속을 보여주지 않는다."(「가방」) "통은 안이 안 보이게 닫혀 있다/그것들은 쌓여 있다."(「통」)

> 노란 쇼핑백은 파란 쇼핑백과 한통속임을 치욕으로 여길까
> 노란 쇼핑백은 안을 보여주지 않는다
> 검은 쇼핑백은 안을 보여주지 않는다
> 파란 쇼핑백은 안이 약간 보이는데 포장한 박스들이 들어 있다
> 택시는 오지 않고   ──「쇼핑백들」 부분

꼭꼭 매여지고 닫혀진 침묵들. 사람들은 "쇼핑백처럼 입을 꾸욱 다물고" 있고 속을 보여주지 않는다. 위압적이고 적대적으로 다가오는 급속한 움직임 속에 이 거대한 심연이 놓여 있다. 자신을 은폐하는 순수한 암흑처럼, 입을 다물고 있는 공포처럼. 사람들은 그들의 모든 삶의 소도구들과 인생의 편린(片鱗)들이 담긴 '가방'을 옆에 낀 채 유령처럼 간다. 가방이 간다.

급속하게 변화하는 현대사회에서 변하지 않고 가만히

102

있다는 것은 점진적인 죽음으로 나아가는 것이기에 창백
하고 공허한 유령처럼 사람들이 걸어간다. 시장화할 수
없는 것은 억압되거나 쓸모없게 되어 소멸된다. 사람들은
무표정하게 놓여 있고 욕망 없이 운반되거나 갈망 없이 서
로 포개져 기다린다. 자아의 인간적 가능성을 철저하게
파괴하는 현대적인 삶으로 인해 현대시에서는 주체와 객
체가 겹쳐질 수 없고 엄격하게 구분된 거리로 서로를 지켜
본다.

통은 안이 안 보이게 닫혀 있다
그것들은 쌓여 있다
통들은 서 있는 게 누워 있는 것 같다

그것들은 끝까지 무표정하게 놓여 있다
통 심심하지 않은 표정들이다
나는 그것들 위에 아무렇게나 앉아서
나의 그늘을 내려다본다

통 안이 안 보인다 해서
때로 그 안이 짐작되지 않는 것은 아니다
세계 곳곳에는 그런 것들이 쌓여 있다
그 안에 내 시를 넣은 것도 있다고 우겨봐도
그것들은 무표정하게 놓여 있을 뿐이다.

그 안에 주검이 들어 있어도 시간은 썩지 않을 것이다
삶을 위한 메모와 추억과 욕망의 계산서들이 들어 있어도
글쎄, 그것들은 무표정하게 쌓여 있을 뿐이다
어디로든 운반되기를 갈망하고
서로 포개진 채 묵묵히 기다리기도 한다

　　　　　　　　　　　　　　　　　　　—「통」전문

　서정시가 현대를 말할 때 어떤 시적 형식을 추구하는가.
이하석의 시는 감정적 이입을 철저하게 배제하고 개체를
객체화한다. 시적 주체마저도 객체화되어 객체성을 확보
하려 한다. 이는 도시의 외부 세계를 반사하고 묘사하고
서술하는 것으로 어떤 대상에 몰두하고자 함이다. 따라서
이하석의 시에서 주체와 객체는 모두 엄밀하게 사물로 객
체화되어 있고 객체화함으로써 사물들은 가장 즉물적인
대상으로 정물화된다.
　그러므로 주체가 객체를 인식하는 전통적인 주체-객체
관계가 붕괴한다. 시적 인식 주체가 변화한 것이다. 인상
은 순간적으로 각인된다. 감각적 인상들은 감정이입보다
철저하게 비인간적인 상태에서 훨씬 더 많은 것을 말해준
다. 인격적 관계성이 제거되었으므로 도시시(都市詩)는
무미건조한 현대적 현실의 미메시스다. 시인은 모든 종류
의 우연성이 말끔히 제거된 객체를 이루어낸다. 부동의

상태를 묘사하는 것만으로 권태롭고 무료한 '부르주아의 허무주의'를 확인시킨다.

"통은 안이 안 보이게 닫혀 있다/그것들은 쌓여 있다/통들은 서 있는 게 누워 있는 것 같다//그것들은 끝까지 무표정하게 놓여 있다"이하석 시에서 객체들은 모두 "-다"로 문장을 끝맺음한다. "-다"로 끝나는 객체들은 매 시의 행마다에서 강고한 부동성을 못박으려 한다. "다"로 완강하게 끝맺는 완결문을 매 행마다 배치하는 것으로 시적 대상들과 주체 사이의 '단절'을 강화한다. "통"안에 "주검이 들어 있어도" "삶을 위한 메모와 추억과 욕망의 계산서들이 들어 있어도/그것들은 무표정하게 쌓여 있을 뿐이다." 통 안과 통 밖은 서로 분리되어 있고 통과 통들은 서로 무표정하게 포개어져 있다. 개별 인간들에 대해 취하는 심리적 태도에 대한 알레고리다. 현대 부르주아 사회는 강력한 생산과 교환 상법을 통해 인간 상호 간의 소외와 적대적 무관심을 야기했다는 것. 중세의 마술의 세계를 벗어나 이성의 시대에 와서 우리 모두 어둠의 자식에서 계몽의 자식이 되었음에도 오히려 우리는 철저하게 은폐된 저 심연의 단절과 암흑 속에 쌓이는("통 안이 안 보이는") 존재가 되었다는 것. 이하석은 이 보편적이고 냉정한 관계성의 포기, 주체의 몰락을 어떤 주석도 없이 냉정한 관찰자의 시점에서 서술한다. "어디로든 운반되기를 갈망하고/서로 포갠 채 묵묵히 기다리는" 무력하게 떠다니게 내버

려둔 존재. 시인은 객체화를 표상하는 것으로 독자와 냉정한 호흡과 거리를 두려 한다. 시인은 의인화된 알레고리로 현대 문명의 소외와 단절의 속성을 전면에 부각한다.

이 악어는 우리가 본 악어 중 가장 크게 여겨진다
과장이 심했기 때문인데,
그러나 무섭지 않은 악어

어슬렁거리지 않고 화가의 작업실 한 구석에 놓여 있다
두터운 갑피는 하나하나 다른 모양으로
우리 삶터 곳곳에 숨어 있다가 화가에게 들킨 것이다
쓰레기 하치장, 폐차장, 고물상 어디에나
그는 악어 조각을 찾아다녔다 악어가 될 만하면
뭐든 사 모으고 주워 모았다

온갖 쇠 파이프들 용접하면서
그는 악어처럼 마음과 몸 뒤틀었다
불꽃이 튀어도 악어처럼 악문 쇠 놓지 않은 채
온몸 뒤틀어댔다   ─「악어」 부분

현대적 삶의 풍경을 전체적 상으로 삼고자 할 때 시인은 언어적 메타포를 찾아간다. 쓰레기 하치장, 폐차장, 고물상에 있을 법한 악어는 버려진 쇳조각, 고철이다. 악

어는 "우리 삶터 곳곳에 숨어 있다." 두터운 갑피를 가지고 무엇이든 덥석 물 것 같은, 버려진 고철은 늪지대 같은 문명의 저 밑에 숨어 있다 예술가에 의해 다시 용접된다. 악어는 "온갖 쇠 파이프들"로 용접되고 "불꽃이 튀"며 마음과 몸을 뒤튼다. 그래도 악어는 "악문 쇠"를 놓지 않는다. 악어는 현대적 예술미를 구현하는 이 문명사회의 전시품이 된다.

철갑상어처럼 악어는 금속성의 궁극적인 분노를 간직하고 있다. 저 지하 깊숙한 곳에 묻혀 있던 광물의 냉철하고 날카로운 어둠의 분노, 뾰족하게 찌르며 공격하는 금속의 파괴성을 함축하는 것이다. 악어는 철근을 박으며 올라간 현대적 건물의 총아이면서 그것의 잔해이고 다시 온몸을 뒤틀어 새로운 문명의 전시품이 되고야 만다.

문명사회는 스스로의 잔해들을 주워 모아 전시하고 나열하여 문명의 금속성이 갖는 파괴력을 나르시스적으로 유희한다. 이하석은 그리하여 몰려오게 될 무시무시하고 위력적인 도시의 죽음을 담담하게 전시한다.

내놓은 포대들이 버려지지 못하고 다시 헤적여진다

2003년 2월 26일 경찰이 대구 지하철 안심 기지창에 옮겨놓은 화재 현장 쓰레기 포대를 분류하니 의외로 많은 유류품들이 나와 유족들을 화나게 한다 유류품 중에는 화재 당시 승객들의 신체 부위는 물론,

황색 중절모가 나온다 모자 주인의 머리가 타버려서
모든 이들의 머릿속이 복잡해진다

즉석 복권 다섯 장과 부적은 죽은 이의 행운과 관련이 있
으리라
그걸로 누가 낮에 뜬 별을 가늠했을까

그리고 조리기능사 문제집과 초등학교 6학년 수학문제집이
여전히 풀리지 않은 문제들과 함께 나온다

묵주는 그래도 끊어지지 않아
죽은 이의 완강한 신앙심을 짚어보게 한다
화장도구, 목걸이 구슬, 부러진 신발 뒤축, 구두 한 짝,
부러진 안경테, 끊어진 멜빵, 대구은행 통장 쪼가리……

[……]

사랑과 증오의 바깥에 504개의 쓰레기 포대가 쌓여 있다
버려질 수 없는 포대 안에는 너무 많은 삶의 단서들이 캄
캄하게
접혀 있거나 부풀려져 있다   ──「야적─포대들」 부분

이하석은 지속적으로 문명 파괴의 뒷모습, 쓰레기 하치장에서 금속의 녹물 눈물, 도시적 일상이 남긴 폐허의 현장에 주목해왔다. 그는 화려하게 포장된 인공적 외면 속 쓰레기 포대 안에 쑤셔 넣은 추하고 더러운 문명의 구토 자국을 찾아내고자 한다. 2003년 대구 지하철 화재 참사 뒷수습의 현장은 그야말로 현대 문명의 추악함과 폭력성을 드러난 내장처럼 까발려놓는다. 지하철이야말로 도시 내부 암흑 속을 통과하는 미로의 진창이었던 것. 화재 현장에서 죽은 사람들은 죽고 나서야 비로소 그들의 일상을 구성했던 물건들을 펼쳐놓는다. 죽음은 폭력이 지나가고 난 뒤 진실을 드러내는 명백한 메타포가 된다.

하여 사람들의 유품으로 남겨진 것들은 황색 중절모, 즉석 복권 다섯 장, 부적, 조리기능사 문제집, 초등학교 6학년 수학문제집, 묵주, 부러진 신발 뒤축, 구두 한 짝, 부러진 안경테, 끊어진 멜빵, 대구은행 통장 쪼가리……. 오, 이렇게 잡다하고 다양한 꿈들이 있었다니. 앞의 시에서 살피고자 했던 가방 속의 어둠에는, 통의 안쪽에는 이러한 축축한 그들의 꿈들이 안착되어 있다. 죽은 이들은 비로소 그들이 사라짐으로써 가방 속 어두운 밑바닥을 드러낸다. 가방 속에 들어 있던 모든 것들이 널브러지는 순간 맥없고 가엾은 이 현대인들의 삶을 조건 짓던 마음속 심연이 포착된다. 도시의 일상인들이 현행범처럼 그 자리에서 죽어버림으로써 그들 삶의 캄캄한 모든 단서가 발각

된다.

결국 도시의 대중들은 끝없이 떠돌면서, 자궁 속 같은 지하의 미로를 헤매면서, 욕망의 몇 개의 단서만을 남긴 채 야적한 포대 몇 더미로 남게 될 뿐이다. 이하석은 냉정할 만큼 담담하게 창백한 도시의 그림자처럼 도시 풍경을 묘사한다. 시적 주체는 외부 세계에 대하여 철저하게 객관적 거리를 유지한다. 경험은 객체적 경험 세계가 된다.

시인은 멋진 신세계인 대도시의 이면에서 일어나는 음험한 욕망과 추락과 몰락에 대하여 발설한다. 또 하나의 객체로서 발설하는 것만으로 이 도시의 충격을 전달한다. 도시의 양적 팽창이 낳은 고통과 분노와 세계에 대한 증오, 그리고 잉여로서 남게 되는 죽음과 그 잔해물. 시인은 내면의 증오를 담담한 어조로 다스린다. 분노는 독자들의 몫이므로.

하긴 죽음이란 도시 문명이 남긴 숱하고 흔한 일상사의 한 부분일 뿐. 무수한 폭력에 노출되고 길들여진 도시인들에게 참사와 붕괴와 사고는 기껏 저녁 라디오에서 매일 흘러나오는 오늘의 사건 사고 소식 중 하나에 불과할 뿐이다.

차바퀴에 깔린 비명 소리
술과 속도감에 취해
누군가를 죽이고 도주하는 무리들

뒤이어 차들 왈칵왈칵 몰려와

부서진 삶 으깨어 아스팔트 위에 납작하니 붙여놓는다

—「새파란 길」 부분

　도시의 아스팔트 위에는 죽음이 으깨어져 납작하게 붙어 있다. 길 옆 새싹은 어김없이 새파랗게 자라나 이승과 저승, "이쪽과 저쪽 당겨" 이어본다. 대도시가 저지르는 폭력, 사람들이 뒤엉켜 소용돌이치면서 생겨나는 고독 속에서 시인은 그 폭력들이 남기고 간 뒷모습을 집요하게 추적한다.

　문명은 너무나 위생적이고 지나치게 깨끗하여 우리를 위대한 저 문화인으로 등극시키고 거대한 자연에 대한 오만한 주인으로 승격시킨다. 그러나 현대인들이 성취한 것들은 자연의 편에서 보면 잉여의 쓰레기, 허섭스레기에 지나지 않는다. 시인은 문명이 세우고 남긴 잔여물, 더러워 이면에 숨긴 쓰레기, 타다 남은 욕망의 찌꺼기들을 '것들'이라 이름짓는다.

바다는 우리의 것들을 밖으로 쓸어낸다

우리 있는 곳을 밖이라 할 수 없어서

생각들이 더 더러워진다 끊임없이

되치운다

우리가 버린 것들을 바다 역시 싫다며 고스란히 꺼내놓는다

널브러진 생각들, 욕망의 추억들, 증오와 폭력들의 잔해
가 바랜 채 하얗게 뒤집혀지거나

검은 모래 속에 빠진 채 엎어져 있다

나사가 빠지고 못도 빠져나가 헐겁지만

그것들은 우리 편도 아니다

더욱 제 몸들 부스러뜨릴 파도 덮치길 겁내며

몇 번이나 우리의 다리를 되걸어 넘어뜨린다

여름 홍수에 그런 것들 거세게 바다 파고들지만

바다는 이내 그 모든 것들을 제 바깥으로 쓸어 내놓는다

우리 있는 곳을 밖이라 할 수 없어서

우리 생각들이 더 더러워진다 끊임없이

되치워야 한다   —「것들」전문

　도시를 인공적으로 건설하면서 모든 것들이 깨끗해졌
다. 그것은 도시를 건설하면서 나온 폐물들을 도시 밖으
로 쓸어냈기 때문이다. 그러나 바다는 인간이 버린 모든
것들을 다시 밖으로 쓸어낸다. 바다의 "밖"은 우리이기
때문에. 그러자 다시 우리는 "우리 있는 곳을 밖이라 할
수 없어서" 더러운 것들을 다시 끊임없이 되치운다. "우
리가 버린 것들을 바다 역시 싫다며 고스란히 꺼내놓는다"

"널브러진 생각들, 욕망의 추억들, 증오와 폭력들의 잔해"들이 검은 모래 속에 쓸려왔다. 여름 홍수로 그런 "것들"은 바다 속으로 거세게 파고들었지만 바다는 그 모든 "것들"을 다시 제 바깥으로 쓸어 내놓는다.

시인은, 인간이 인공화한 것들을 깨끗하게 보존하고 안락함을 유지하기 위해 더러운 욕망의 찌꺼기들을 쓸어내는 인간의 오만과 이기심에 대하여 노래한다. 인간은 자신을 중심으로 생각하기에 그들의 생각은 더 더러워진다. 시인은, 그러니까 말한다. 더 더러운 것은 바로 '우리'이며 우리가 바로 바다가 싫다고 내뱉는 더러운 그 "것들"임을. 인간은 "것들"에 불과한 하나의 개체이며 스스로 욕망이 만들어낸 잔여물들이며 폐허의 건설자였음을, 시인은 어떤 허무의 냉소도 감정적 격정도 없이 문명의 뒷풍경을 보여준다. 마치 냉정한 카메라의 시선처럼 무료하고 권태로운 일상이라도 되는 듯이.

이하석이 그리는 풍경에서는 서정시의 전통적 소재인 자연물들, 이를테면 나무, 별, 강물, 꽃잎과 같은 물상을 찾아볼 수 없다. 그는 인공화된 물건들(가방, 쇼핑백, 물통)이나 건물, 아스팔트, 길바닥을 살피고 있다. 문명의 도시에서는 이와 같은 인공화된 모든 것들이 진정한 주체일지도 모르기에.

찬 길바닥이 밥자리다

별처럼 밥알들이 흩어져 있다 비둘기들 내려와 쫀다
어제도 여기서 먹었고 그제도 여기서 먹었다

밥 고봉은 높고 뜨겁고 희다
청국장 맑은 내음이 길바닥 낭자하게 물들이는데
열무김치와 김장 김치 그릇 옆에 곤쟁이젓 반 종지
얇게 저민 더덕무침과 콩나물무침이 각각 한 접시씩
흙과 자갈 들 위에 놓여 빛나는

전화 주문에 제꺽 실려와선 길바닥에 부려 놓은 밥 쟁반
덮었던 신문지 걷어내 깔고 앉으면
여윈 몸 떨게 하던 추위조차 김 내며 그녀 에워싸고
노점 펴놓은 대지엔 봄꽃처럼 꽃핀 밥상이
또 한 상 가득 펼쳐지는 것이다   ──「밥상」 전문

　이하석의 시에는 내밀한 안의 공간이 없다. 시인의 시
선은 언제나 바깥의 도시 풍경을 향해 있다. 폐차장 찌그
러진 녹물이 흘러나오는 그곳이 도시인의 개울이다. 건축
측량기사가 그려놓는 선(線) 대로 빌딩숲이 이루어져 도
시인의 지평선이 될 것(「기울어진 지평」)이다.
　그래서 밥을 먹는 자리도 "찬 길바닥"이다. "전화 주문
에" 대번에 실려와 "길바닥에 부려 놓은 밥 쟁반"은 "흙과
자갈 들 위에 놓여 빛나"고 있다. 밥상 "덮었던 신문지를

걷어내 깔고 앉"은 아낙은 여윈 몸을 떨며 추위를 몰아내고 밥을 먹는다. 아낙은 대지의 길바닥에서 "봄꽃처럼 꽃핀 밥상" 한 상을 받는다.

하여 노점상에게는 높고 뜨거운 밥 한 그릇이 활짝 핀 봄꽃이라는 사실, "찬 길바닥"이 우리가 일생을 살아가야 할 방바닥이라는 사실. 이 놀라운 시적 인식은 숨겨져 있던 서글픈 일상의 적나라한 보고라는 점에서 의미 깊다.

도시 이면에 대한 차갑고 진지한 이하석의 폭로에는 발가벗겨 꾸짖는 계몽적 이상이 서려 있지 않다. 냉소적 비웃음으로 세상에 대한 공허한 허무를 담고 있지도 않다. 오히려 시인은 지독한 냉정함으로 도시 문명을 객관적으로 조명하고 집요하게 관찰한다. 이러한 집요함으로 문명의 끔찍한 죄의식과 공포를 독자의 몫으로 떠넘긴다.

시인은 도시 문명이 갖는 냉정한 무심함을 자신의 시적 전략으로 전유하고 있는 것이다. 담담한 묘사의 직관을 방법적 전략으로 삼는 것으로 도시 문명의 추악함을 극화시키고자 하는 것이다. 이하석의 시를 읽고 있으면 우리 존재가 주변적인 잉여로 남게 되었다는 사실을 인식하게 된다. 과잉 에너지가 점진적으로 파국으로 향한다는 것을 깨닫는다.

이하석의 시가 보여주는 일련의 냉정하고 서늘한 시선, 풍자적 묘사가 보여주는 일상의 견고한 어둠들은 도시 삶의 정직한 묵시록적 기록이다. 이하석의 시는 그런 점에서 폐허의 거리에서, 잉여의 쓰레기와 과잉 속도 속에서 유령처럼 살아가는 우리 삶의 뛰어나면서 치열한 고백서라 할 수 있을 것이다. ▨